GLORIA FUERTES
UN PULPO
EN UN GARAJE

© SUSAETA EDICIONES, S.A.
Campezo, s/n - 28022 Madrid
Tel.: 913 009 100 - Fax: 913 009 118
www.susaeta.com
ediciones@susaeta.com
Impreso en España

Ilustraciones: Nivio López Vigil

GLORIA FUERTES

UN PULPO EN UN GARAJE
Y OTROS CUENTOS

Ilustrado por Nivio López Vigil

susaeta

El ciempiés futbolista

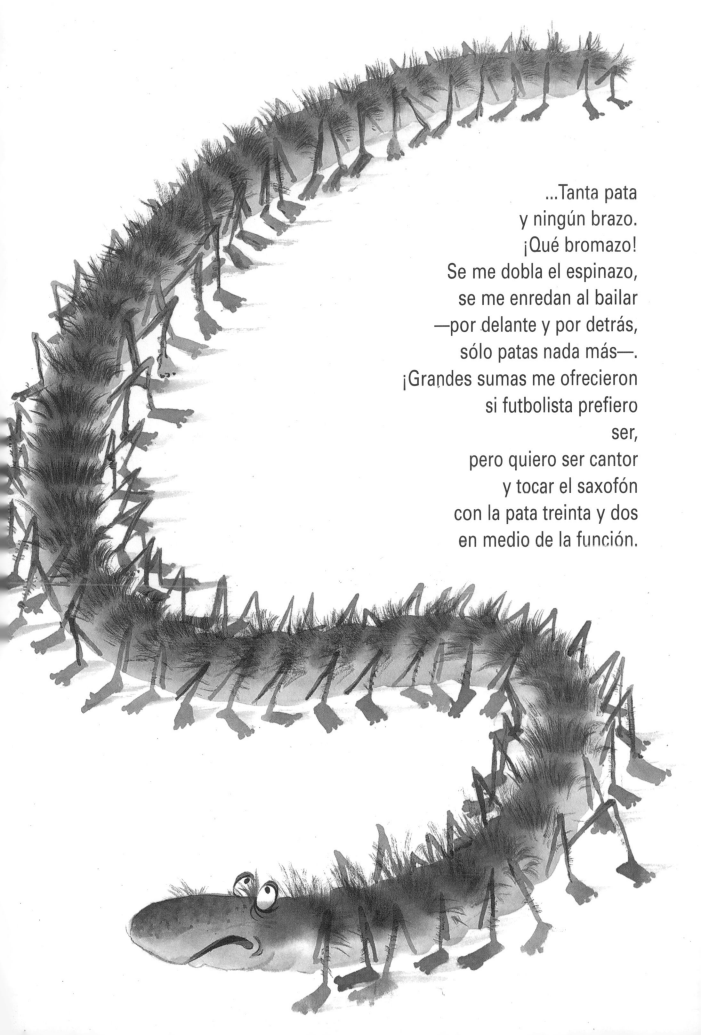

...Tanta pata
y ningún brazo.
¡Qué bromazo!
Se me dobla el espinazo,
se me enredan al bailar
—por delante y por detrás,
sólo patas nada más—.
¡Grandes sumas me ofrecieron
si futbolista prefiero
ser,
pero quiero ser cantor
y tocar el saxofón
con la pata treinta y dos
en medio de la función.

...El pobre Ciempiés metió la pata (no sé si la pata treinta y dos o la noventa y nueve) cuando se presentó ante el director musical.

CIEMPIÉS. Señor Director, yo quiero tocar
en su orquesta.
DIRECTOR. ¿Usted? (No me cabe en la testa).
¿Y qué instrumento toca? ¿La carioca?
CIEMPIÉS. No señor, pongo toda mi emoción,
cuando toco el saxofón.
DIRECTOR. ¡Ah! ¡Muy interesante! No dejará de ser muy
interesante escuchar un saxofón tocado con
los pies de un ciempiés.
¡Se aprueba!
¡Hagamos una prueba!
Quiero oírle. (Parece cosa de "cuento").
¿Ha traído el instrumento?
CIEMPIÉS. No señor, es que no tengo saxofón...
DIRECTOR. Entonces... ¿Cómo diablos lo toca?
CIEMPIÉS. Lo toco de oído, me lo imagino, cierro los
ojitos así, hago así, y suena así...
DIRECTOR. ¡Eso no puede ser! ¿Cómo va a sonar igual
un instrumento que no existe?

El público no lo resiste, el público es vulgar y
no se lo puede imaginar, el público paga y
dice como Mateo "si no lo veo no lo creo"...
Usted, señor Ciempiés, me está haciendo
perder tiempo y el caso es que sería
interesante y chocante,
un ciempiés en mi orquesta de actuante.

10

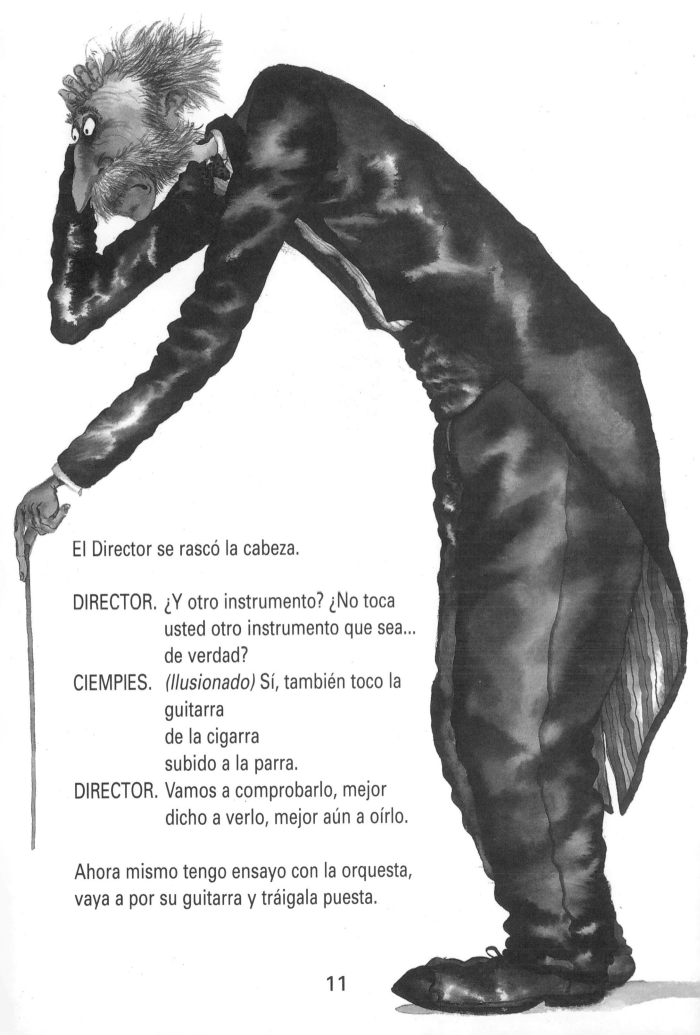

El Director se rascó la cabeza.

DIRECTOR. ¿Y otro instrumento? ¿No toca
usted otro instrumento que sea...
de verdad?
CIEMPIES. *(Ilusionado)* Sí, también toco la
guitarra
de la cigarra
subido a la parra.
DIRECTOR. Vamos a comprobarlo, mejor
dicho a verlo, mejor aún a oírlo.

Ahora mismo tengo ensayo con la orquesta,
vaya a por su guitarra y tráigala puesta.

11

Los otros músicos, normales,
tocaban sus trompetas, sus flautas, sus timbales,
y el desafinado grigri-pí grigri-pí del Ciempiés
lo estropeaba todo.

Por su pésima actuación,
fue echado el Ciempiés de la función...

...Cabizbajo y afligido,
tristón y paticaído,
el Ciempiés arrastrando su guitarra caminaba lloroso,
hasta que vio un anuncio luminoso:

...Ya dentro del estadio, el Ciempiés,
subió las escaleras de tres en tres.

El Ciempiés preguntó por el árbitro. Salió el árbitro.
El árbitro era un señor mayor, calvo y bigotudo que iba
vestido de niño y de luto con sus pantalones cortos y sus
calcetines largos.

CIEMPIÉS.   Señor árbitro: Soy atleta, estoy muy triste,
             no gano ni para alpiste.
             ¡Quiero jugar!
             (mejor dicho) ¡Quiero trabajar!
ÁRBITRO.   Pase pase, puede pasar,
             puede entrenarse, pero "cobrar",
             como no le sacuda otro jugador...
CIEMPIÉS.   Es que... he oído con este oído de artista,
             que usted necesitaba un futbolista.
             El fútbol es cuestión de piernas y de pies, y
             servidor tiene cien piernas y cien pies, soy un
             Ciempiés. ¡Piénselo bien!
             En lo que a mí respecta, además soy atleta,
             juego de todo, en balón-volea, servidor golea,
             y en baloncesto, encesto.
             Juego de todo...
ÁRBITRO.   Le veo con ilusión, le veo con interés,
             pero lo que "El Club Punta Bota" necesita
             es un suplente...
CIEMPIÉS.   ¿Un suplente? ¿Y eso qué es?
ÁRBITRO.   Suplir al portero si tiene un accidente.
             ¿Ha sido usted portero?
CIEMPIÉS.   (Con alegría) ¿Portero? ¡Toda mi vida! Mi
             abuelo era portero, mi padre era portero, mi
             madre era portera, me he criado como aquel
             que dice, en la portería, me querían todos los
             vecinos, (quiero decir) toda la afición...

Y sucedió que...

El equipo "punta Bota"
siempre perdía
siempre en derrota.
Hasta que "fichó" al Ciempiés,
—y todo ocurrió al revés—.
Le pusieron de portero,
—le aclamaba el mundo entero—.
Plantado en su portería,
nadie goles le metía.
...Aunque al parar sufre hipo,
siempre siempre ganó su equipo.
¡Qué portero con salero!

¡VIVA CIEMPIES EL PORTERO!
¡ARRIBA PUNTA BOTA!
¡RA RA RA!

...Y el simpático Ciempiés,
una medalla de atleta,
lucía en su camiseta.

La "tele" y los periodistas,
le sacan en sus revistas.
...Su fama atraviesa mares,
se lee en grandes titulares:

GRACIAS AL GENIAL
CIEMPIÉS
EL EQUIPO "PUNTA BOTA"
GANÓ LA COPA
DE EUROPA

Moraleja final:

Un artista menos
y un futbolista más.

El colmo de los colmillos

Los cazadores de marfil dejaron pasar a una manada de
elefantes pequeños, porque aún no tenían colmillos.

—Hay que esperar, muchachos, días o semanas. Hay que
racionar los víveres —ordenó el jefe al grupo.

—Será difícil, señor, nos queda poca comida, sólo
saltamontes en conserva —que no dejan de ser una lata—, y
agua queda una pizca.

—Pues hay que apretarse la faja y esperar —dijo él.

La única cosa buena que tienen los cazadores
es la paciencia —digo yo.
Pasaron unos cuantos días, pasaron unos cuantos ciervos,
pasaron unos cuantos bisontes y pasaron más hambre que
los pavos de Benito, que se comieron a picotazos la vía.

Estaban más aburridos que ovejas en una conferencia de numismática, cuando aparecieron cerca de ellos tres gigantescos elefantes, uno era mayor que un autobús de dos pisos y tenía unos colmillos larguísimos y en curva.

—¡A ese! ¡Al primero! ¡Al gordinflas! ¡Disparad!
Más de cien dardos (pequeñas flechas) se clavaron en la gruesa piel del gigante elefante elegante que cayó patas arriba como un inmenso acerico de costurero, como un erizo enorme sin decir ni mu.

(Tengo que deciros que no tiraron a matar, si hubieran sido cazadores de los que matan, no os contaría esta aventura porque yo soy ecologista-pacifista y quiero mucho a los bichos. Porque no me gusta contar esas crueldades y porque nunca quiero poner triste a un niño).

Los dardos eran dardos "dormilones", dardos de los que usan los cazadores dueños de circos para cazar vivos a los animales salvajes (que son menos animales y menos salvajes que los que les cazan).

24

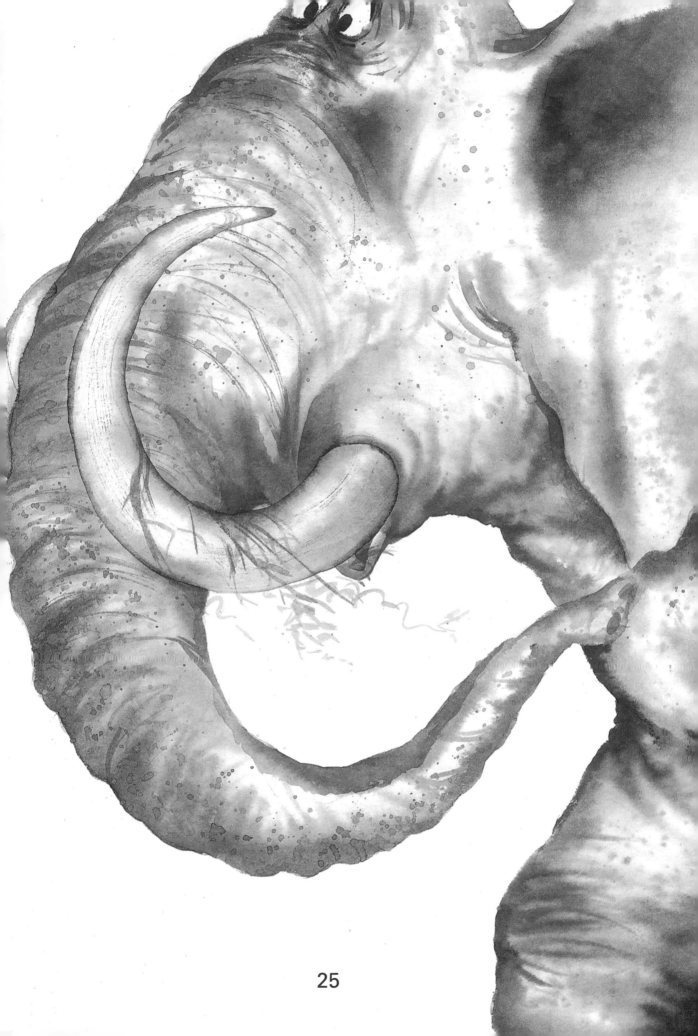

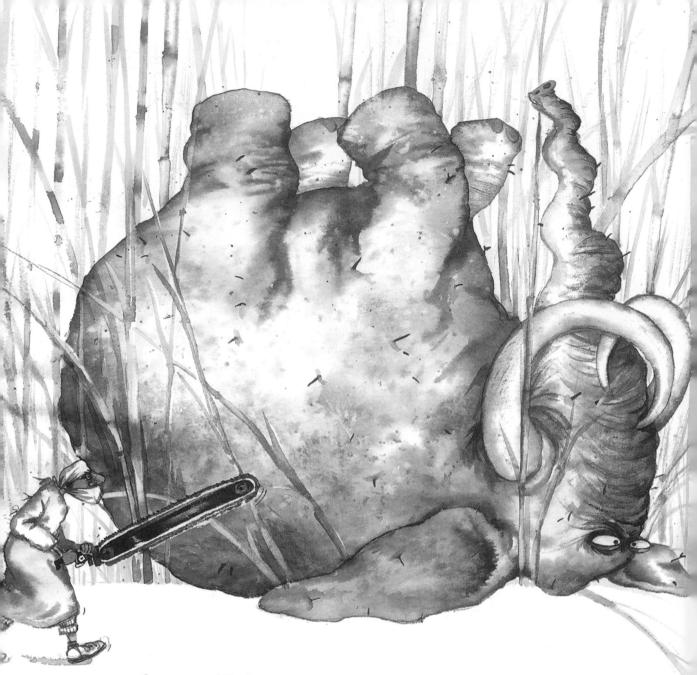

Como podéis imaginar nuestros aventureros cazadores no querían quitarle la vida al elefante, solo querían quitarle los dientes. Los larguísimos colmillos de marfil que valía un billón de pesetas eran su única pieza favorita.

Mientras dormía anestesiado el gran elefante, el grupo de aventureros-dentistas prepararon los utensilios. Unas grandes sierras metálicas y eléctricas, atronando la selva, empezaron a funcionar junto a la boca del "animalito" de dos toneladas.

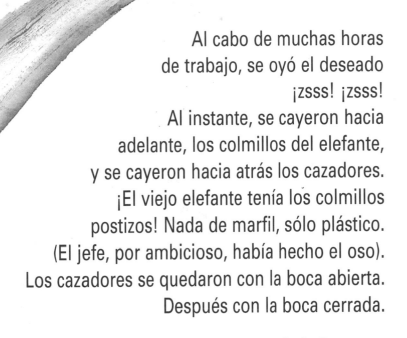

Al cabo de muchas horas
de trabajo, se oyó el deseado
¡zsss! ¡zsss!
Al instante, se cayeron hacia
adelante, los colmillos del elefante,
y se cayeron hacia atrás los cazadores.
¡El viejo elefante tenía los colmillos
postizos! Nada de marfil, sólo plástico.
(El jefe, por ambicioso, había hecho el oso).
Los cazadores se quedaron con la boca abierta.
Después con la boca cerrada.

* * *

Los cazadores se quedaron sin gasolina.
Tuvieron que abandonar el "jeep".
Emprendieron a través de la selva la vuelta a la
ciudad en el coche de San Fernando (un ratito
a pie y otro andando) acribillados por los
mosquitos y rodeados de monos.
Iban desfallecidos, delgaditos, con barbas
sucias y pies rotos.

No daban miedo, daban pena.

27

Así caminaban los cuatro cazadores, cuando un ruido infernal y una espesa nube de polvo no les dejaba ver ni el camino ni las montañas.

Todos los elefantes de la selva les habían perseguido. Estaban rodeados por los gigantescos paquidermos. Los cuatro cazadores temblaban como hojas de árbol bajo el vendaval.

Sólo con un trompazo del mayor elefante —que pesaba dos mil kilos— los cuatro canijos cazadores hubieran saltado por los aires.

El jefe de los elefantes habló:

—Dejad de tiritar, humanos.
No venimos en son de venganza.
Tenéis suerte de que seamos
elefantes vegetarianos y pacifistas.
Sólo deciros, que a ver si dejáis
de tocarnos las narices,
y de sacarnos los colmillos,
odontólogos de m...

La niña exploradora

Cuando yo era una exploradora
con sombrilla y cantimplora,
en el desierto desierto
me perdí.
Me quedé sin provisiones
y ya veía visiones,
mejor dicho no veía,
pues la arena que el viento levantaba,
me cegaba.
¡Madre mía!

...Andando andando,
me encontré un oasis con tres palmeras
y un letrero que decía:

Restaurante de Primera

Un oriundo ciudadano,
me leyó el MENÚ AFRICANO.

Especialidades de la casa:

Mermelada de hormigas.
Saltamontes salteados.
Gusanos fritos.
Grillos escabechados.
Tortilla de arañas.
Chicharras a la brasa.
Ensalada de mariposas.
Helado de orugas.

En vista de lo visto
pido pisto.

Y me trajeron
un clavel
y un bocadillo
de anchoas.
Como no tenía
dinero,
les dejé
la cantimplora.

35

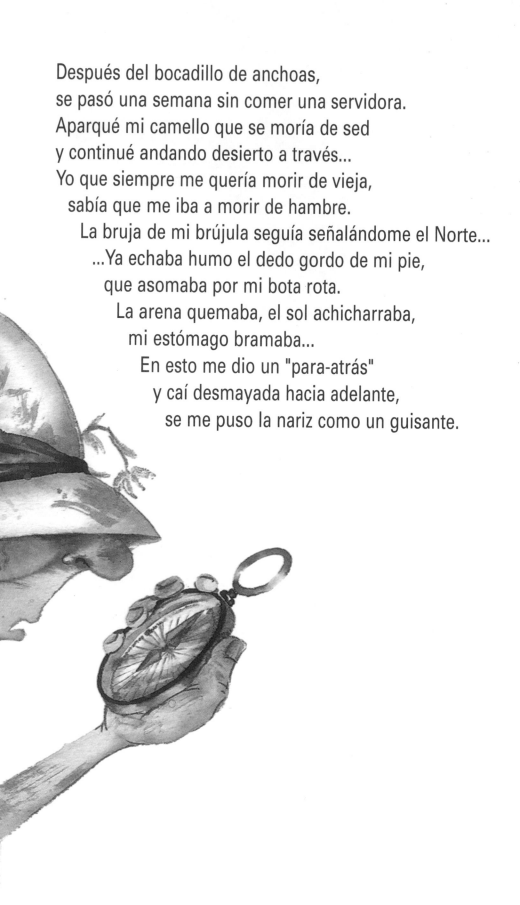

Después del bocadillo de anchoas,
se pasó una semana sin comer una servidora.
Aparqué mi camello que se moría de sed
y continué andando desierto a través...
Yo que siempre me quería morir de vieja,
  sabía que me iba a morir de hambre.
    La bruja de mi brújula seguía señalándome el Norte...
      ...Ya echaba humo el dedo gordo de mi pie,
        que asomaba por mi bota rota.
          La arena quemaba, el sol achicharraba,
            mi estómago bramaba...
              En esto me dio un "para-atrás"
                y caí desmayada hacia adelante,
                  se me puso la nariz como un guisante.

...Me despabilé cuando dos hombres vestidos de blanco, con guante blanco y gorro blanco, me cogieron en brazos y me sentaron ante una mesa... Yo creía que me iban a operar...

En las paredes había muchos letreros que decían:

Deliro deliro.
¡No puede ser verdad tanta ventura en esta aventura!

Señorita, la carta.

¡Anda! ¡Tengo carta! ¡Qué raro!
¿Cómo sabrá la gente que estoy aquí?

La carta es el menú.
Pero lea, lea. ¡Menudo menú!
Pida lo que quiera, ilustre
invitada. De nada.

No. Esta vez no era eso de mermelada de hormigas,
tortilla de araña...
Esta vez ya estaba cerca de España.
No recuerdo lo que pedí,
pero jamás olvidaré tanto como comí:

> UN centollo.
> DOS platos de sopa.
> TRES huevos.
> CUATRO chuletas.
> CINCO sardinas.
> SEIS espárragos.
> SIETE aceitunas.
> OCHO galletas.
> NUEVE plátanos.
>
> Y después por gula,
> ¡Una angula!
> Y después... Y después...
> vino el médico
> y me encontró al revés.

Aún no os he dicho cómo se llama
la niña exploradora.

La niña exploradora,
se llama Dora.

Dora, la niña exploradora,
en un pueblo marítimo del sur de
España se embarcó
en un barco de pescadores.

Dijo a los pescadores que les
daba cinco mil pesetas si la
llevaban hasta un lugar de
África porque allí la esperaba
su tía misionera.

Dora embarca en el barco.

Los pescadores no eran pescadores, eran piratas.
Nada de pescar. Transportaban hierbas.
Como Dora no sabía estar sin hacer nada, les pelaba
las patatas, les lavaba la ropa.

Un día, una fuerza misteriosa empujó bajo las aguas
el barco hacia arriba.

El barco empezó a tambalearse como un columpio.

¡Era el gran pez! Era una ballena. Vacía iba, sólo algunos
percebes incrustados en su lomo.

El gran pez la tomó con el barco e intentaba volcarle.

—¡Dame el fusil acuático! —gritó el patrón.
—¡Dame los dardos gordos! —volvió a gritar el patrón.

El patrón disparó y el agua azul del mar se convirtió en roja.

El patrón sacó su pañuelo de cuadros y se puso a llorar.

—Yo creía que los piratas no lloraban.
—Pues ya lo ves, Pitusa. Yo lloro —dijo gimoteando el patrón—, aunque en este caso ha sido en defensa propia, no me gusta matar una sardina y menos una ballena.

43

Llegaron al puerto de Togo y allí tomó tierra Dora la exploradora.

En el mismo puerto, dudó en alquilar un camello o un coche todo terreno para atravesar el desierto por segunda vez.

El simpático negrito-pastor de camellos le aconsejó que alquilase el dromedario.

—El coche puede tener averías o atascarse en tierra fangosa,
llévese el camello que eso es otra cosa,
el camello es muy duro, muy servicial, útil para las dunas y aguanta muchos días sin beber.

Dora la exploradora decidió alquilar el camello más gordito que se llamaba Chepa Rosa porque resultó ser camella.

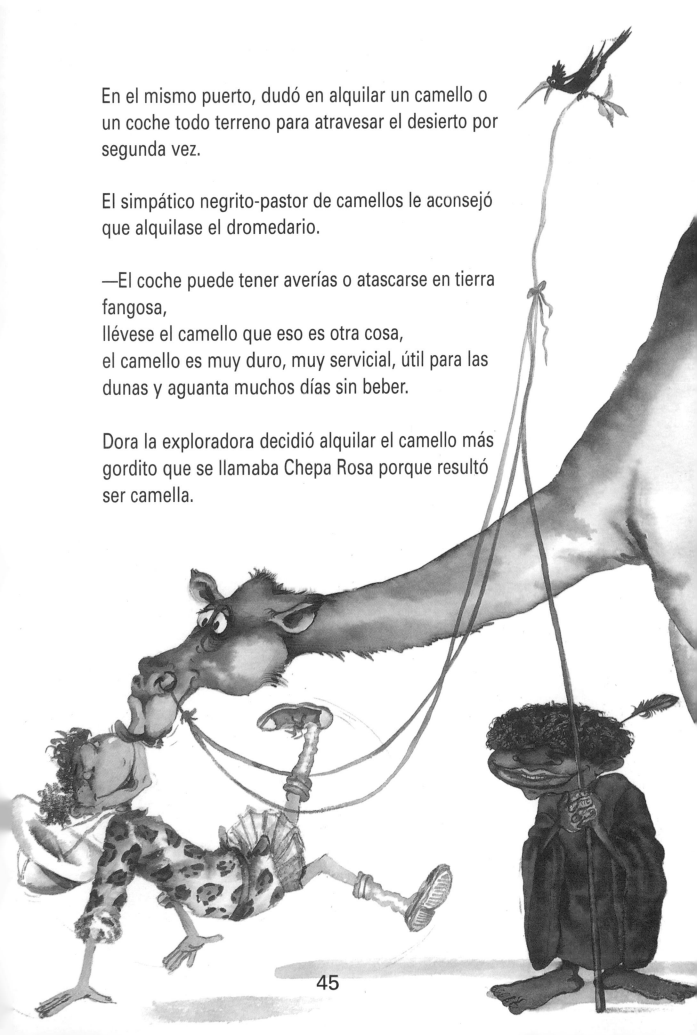

A las diez horas de cabalgar Dora se dormía viva y no conseguía parar la camella para bajarse de la chepa, hasta que se le ocurrió señalarle la cantimplora de agua y la camella se paró en seco.
Pero la camella no se echaba ni a la de tres y Dora no se podía dormir a esa altura y sin respaldo.

Decidió dejarse escurrir chepa abajo, dar un saltito y así llegó hasta la arena. Extendió una manta y se echó a dormir a los pies de la camella.
A los pocos minutos, unos ruidos atronaron el desierto. Eran entre rebuznos de burro y ladridos de perro sin parar.

Y los bramidos salían de la bocaza de la camella.

—¡Madre del amor hermoso, qué viaje tan horroroso!
—exclamó Dora la exploradora.
—¡Jolín! ¿Qué le pasará ahora a la camella?

Dora le dio más agua, expuesta a quedarse ella sin ella.
Poniéndose de puntillas la acarició el hocico y nada, la
camella seguía berreando.

El silencio del desierto es el más silencio de todos los
silencios, que ahora estaba roto por los gruñidos de la
camella.
Tanto duraba el gemido, que del oasis cercano llegaron
veloces una pareja de monos haciendo monadas.

—¡Hola, chica! Me llamo Mona Lisa —dijo la mona.
—Y yo me llamo Mono Chito —dijo el mono—. ¿Podemos
ayudarte en algo?
—No sé en qué, titis, únicamente quiero callar a esta
camella loca.
—Hay que procurar que se eche, así descansará, estará
enferma.

Ni loca ni enferma, la camella iba a tener un camellito.

47

A la luz de la luna
—que gracias a Dios era luna llena—
tuvo a su camellito
la camella.

El nuevo animalito, color de arena, era lo más bello y maravilloso que había visto Dora sobre la tierra.

La camella Chepa Rosa nada más soltar a su cría, se puso de pie y empezó a besar y a lamer a su camellito. Y enseguida éste, ágil y alegre empezó a caminar.

48

—¡So! ¡Sooo! —gritaba Dora que aún no se había subido a sus lomos.

Una hora le costó subirse en marcha.

—¡Madre del amor hermoso, qué viaje tan horroroso!

El nuevo camello seguía a su madre tropezando y trastabilleando sus patas largas y delgadas.

La pareja de monos seguía a Dora montada en su trono.

La camella Chepa Rosa se paraba cuando le daba la gana para que el camellito mamara.

¡Y así durante tres días!

Y a los tres días a Dora, la exploradora, se le acabaron las frutas y los bocatas y tuvo que empezar a ordeñar a la camella para no morir de hambre.

Con un cubito de plástico y arrodillada como dando gracias, ordeñó a la bella camella.

A los tres días ¡por fin! llegaron al poblado donde estaba la Misión en la que trabajaba su tía misionera.

—¡Dios mío! ¡Dora Dorita! ¡Mi sobrina! ¡No lo puedo creer!

La tía monja se arrodilló dando gracias.

—¡No puede ser! ¡No puede ser!
—Sí puede ser, tía tiíta, levántate tía, la que se tiene que arrodillar es la camella, si no no me puedo bajar de esta altura hasta que la dromedaria no se eche.

50

La tía misionera acariciaba a Dora.
La camella acariciaba a su camellito.
Dora acariciaba a su tiíta.
Los monos se acariciaban entre
ellos.
Era una escena digna de ver.
Una estampa llena de poesía.

De pronto sonó una campana.
Un montón de negritos
llegaron saltando y
jugando. Volvió a sonar
la campana en lo alto
de la iglesia rústica.
Todos entraron en la
nave-iglesia, todos,
los camellos, los
monos, los niños,
Dora y tiíta.
La campana tocaba
Acción de Gracias. Y
allí entraron todos.

No era para menos.

51

Calixto, el calamar listo

Esto era un calamar,
que nació dentro del mar.
Nació entre rocas y erizos,
voy a contar lo que hizo:
Se llamaba Calixto el listo.

En el colegio del fondo del mar era el primero de la clase
nuestro calamar (el último era el "del-fin").

El maestro, que era un besugo, no le llamaba "Calixto el
listo", le llamaba "Calixto el tintero",
porque tenía más tinta que sus compañeros.

Calixto, el calamar, era feliz por la mar, tenía los brazos
muy largos, hubiera triunfado jugando al baloncesto, pero
le gustaba escribir cuentos, tenía tinta para rato e ideas no
le faltaban, el calamar era muy gracioso e imaginativo,
escribía cuentos de sirenas-princesas, de estrellas de mar
y de peces de colores... Cuando los leía en alta voz y en
alta mar, todos sus hermanos los cefalópodos se reían de
los peces de colores.

57

En el colegio del fondo del mar, Calixto el calamar se hizo amigo de una pulpa muy graciosa llamada Pepita, con la que salía a pasear al parque de los corales y a la que quería mucho, tanto que para ella inventaba versos y le cantaba:

> Pulpa de tamarindo
> qué dulce eres...
> No crezcas que me harás daño,
> quédate como estás,
> de mi tamaño.

—¡Qué cosas más bonitas me dices, Calixto mío, parece mentira que seas un calamar! ¿Es que acaso me quieres? El calamar contestó más rápido que el mar (que era su pueblo).

—Claro que te quiero, pulpita mía, aunque no somos como Romeo y Julieta, y cuando seamos mayores no nos podremos casar, porque tú eres de la familia de los Pulpos y yo de la familia de los Calamares, y no es que nuestras familias se odien, como los humanos, es cuestión de la naturaleza, nadie tiene la culpa, pulpa, tú te harás muy grande, tus tentáculos (perdón), tus ocho bracitos de hoy, serán el terror de los navegantes y yo, yo me quedaré como estoy, hecho un enano calamar... Pero ahora, cuando te veo, mi corazón me palpita, pulpita Pepita, daría toda mi tinta por ti.

Y así fue.

Como bajo el mar sucede lo mismo que sobre la tierra, cuando el calamar y la pulpa (Calixto y Pepita) más felices estaban, riendo, jugando a "hacerse un lío", entrecruzando sus diez y seis brazos o patas (que en realidad se llaman tentáculos)...

Apareció un cachorro de cachalote (pez grande) enseñando todos sus dientes y todas sus ganas de comer.

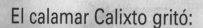

El calamar Calixto gritó:

—¡Cuidado, Pulpa de Tamarindo!
—¿Qué hago? —preguntó la pulpa.
—Tú nada.
—Pero puedo hacer algo...
—Nada, muchacha, nada —pero del verbo nadar—. ¡Huye!
Yo me encargo de este león de mar que parece un autobús...

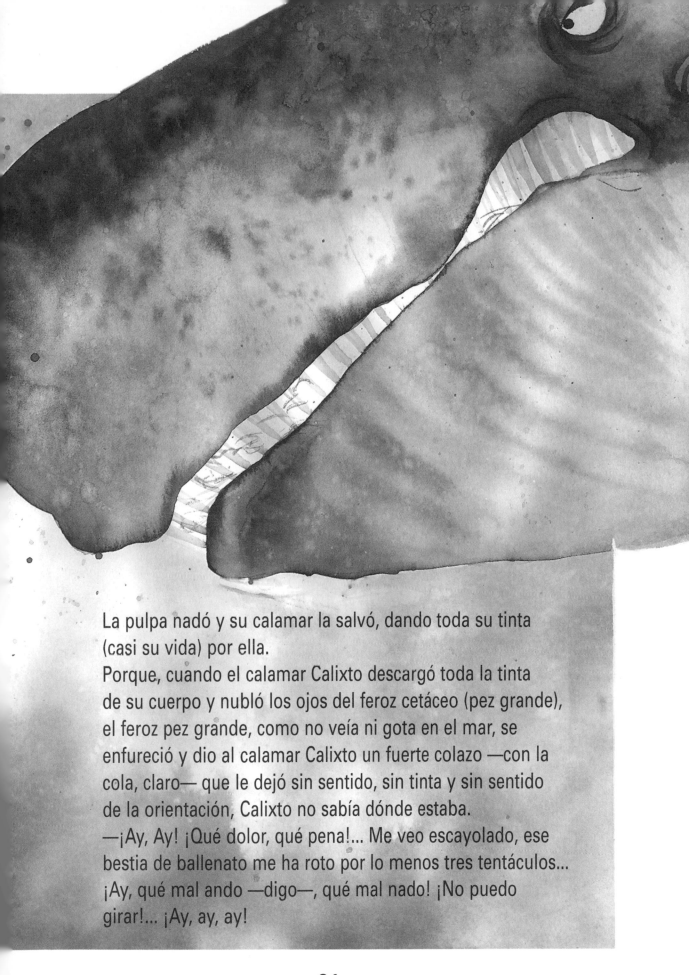

La pulpa nadó y su calamar la salvó, dando toda su tinta (casi su vida) por ella.

Porque, cuando el calamar Calixto descargó toda la tinta de su cuerpo y nubló los ojos del feroz cetáceo (pez grande), el feroz pez grande, como no veía ni gota en el mar, se enfureció y dio al calamar Calixto un fuerte colazo —con la cola, claro— que le dejó sin sentido, sin tinta y sin sentido de la orientación, Calixto no sabía dónde estaba.

—¡Ay, Ay! ¡Qué dolor, qué pena!... Me veo escayolado, ese bestia de ballenato me ha roto por lo menos tres tentáculos... ¡Ay, qué mal ando —digo—, qué mal nado! ¡No puedo girar!... ¡Ay, ay, ay!

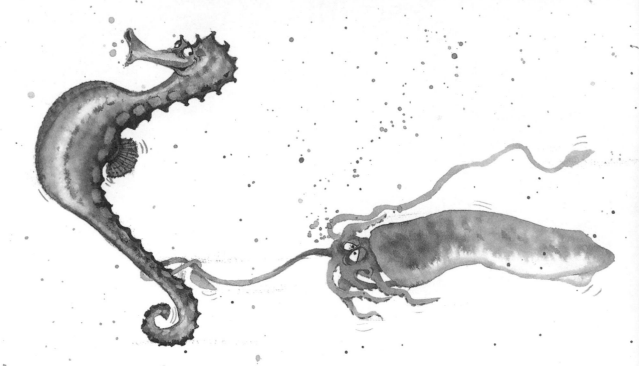

Gracias a que pasó por allí un hipocampo (caballito de mar de alquiler) y se subió en él, el hipocampo le llevó hasta su roca.

—¿Qué habrá sido de mi pulpa, pulpita Pepita? —se preguntaba.

Nada. Nada. Nada. De su pulpa, pulpita Pepita, el calamar no volvió a saber nada.

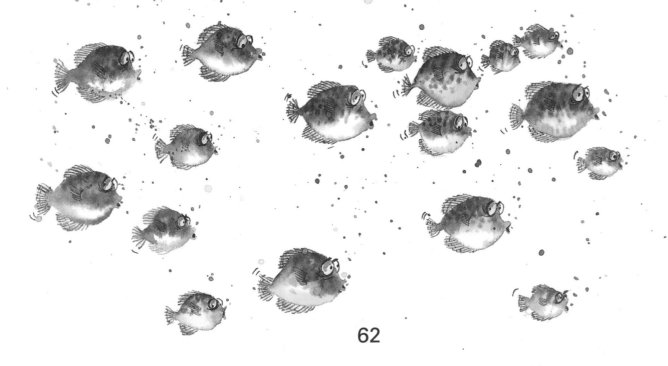

Pasó el tiempo, el mar seguía igual, en
su sitio, como siempre, azul, con sus
olas azules por arriba y sus peces rojos
por abajo.

Calixto, el calamar, no seguía igual,
cambió de sitio y de estado, se casó
con una calamara de su edad y tamaño
y tuvieron muchos chipirones.

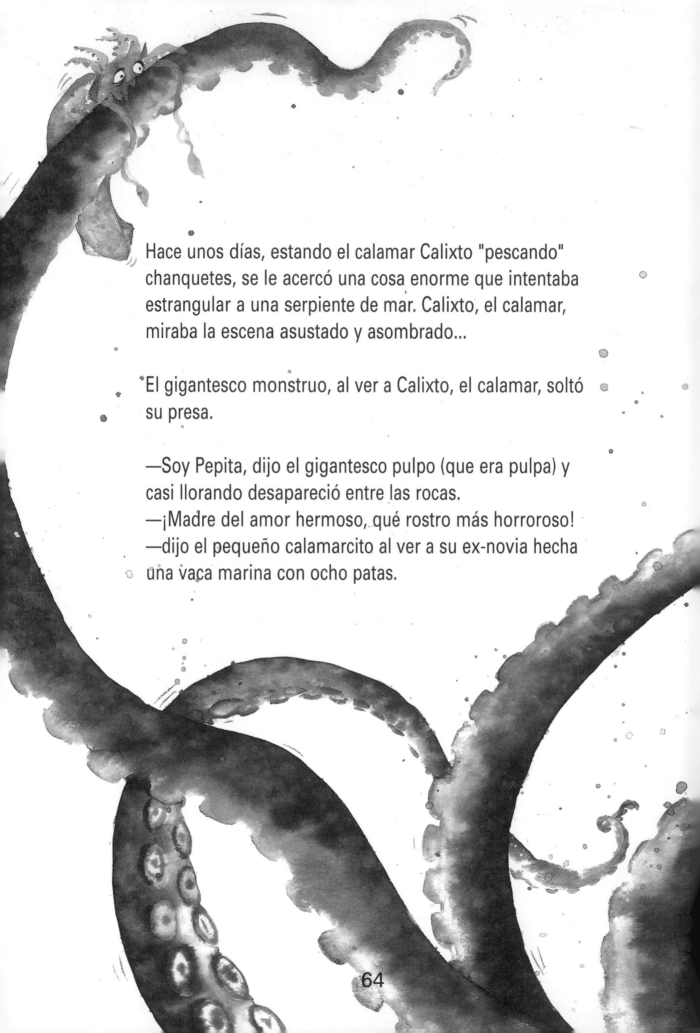

Hace unos días, estando el calamar Calixto "pescando" chanquetes, se le acercó una cosa enorme que intentaba estrangular a una serpiente de mar. Calixto, el calamar, miraba la escena asustado y asombrado...

El gigantesco monstruo, al ver a Calixto, el calamar, soltó su presa.

—Soy Pepita, dijo el gigantesco pulpo (que era pulpa) y casi llorando desapareció entre las rocas.
—¡Madre del amor hermoso, qué rostro más horroroso!
—dijo el pequeño calamarcito al ver a su ex-novia hecha una vaca marina con ocho patas.

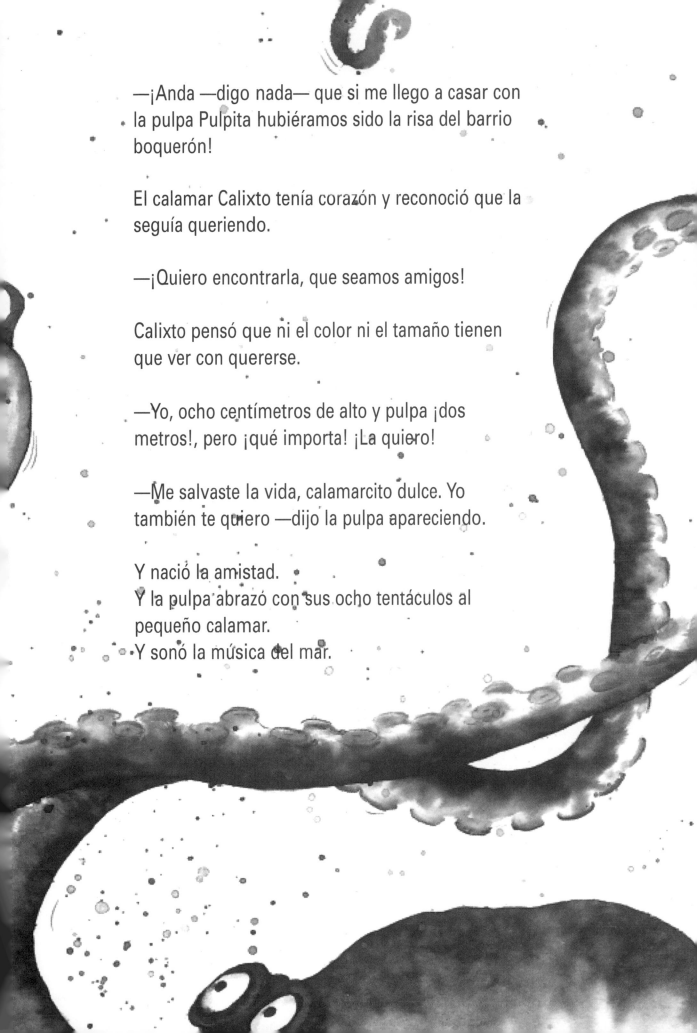

—¡Anda —digo nada— que si me llego a casar con la pulpa Pulpita hubiéramos sido la risa del barrio boquerón!

El calamar Calixto tenía corazón y reconoció que la seguía queriendo.

—¡Quiero encontrarla, que seamos amigos!

Calixto pensó que ni el color ni el tamaño tienen que ver con quererse.

—Yo, ocho centímetros de alto y pulpa ¡dos metros!, pero ¡qué importa! ¡La quiero!

—Me salvaste la vida, calamarcito dulce. Yo también te quiero —dijo la pulpa apareciendo.

Y nació la amistad.
Y la pulpa abrazó con sus ocho tentáculos al pequeño calamar.
Y sonó la música del mar.

La silla del sello

El sello siempre en su silla.

Era un sello de correos simpático,
muy sabio, muy viejo —tenía más
de cien años—, no era muy feliz,
quería seguir siendo útil.

Todos los días el sello con su silla se bajaba al parque.
Los niños jugaban, corrían, gritaban. El sello en su silla se
ponía contento mirando a aquellos niños que no le
conocieron cuando sólo valía un céntimo.

Al sello, le llamaba la atención un niño que ni jugaba, ni
corría, ni gritaba. El niño estaba solo, apoyado en un árbol
y lo peor es que además de solo estaba triste.
El valioso y sabio sello se acercó y dijo al niño:

—Oye chaval, si me das una sonrisa te doy una caja de
cerillas.
—¡Vaya cosa! Y al decir esto se sonrió.
—Gracias, ya tengo tu sonrisa, toma lo prometido.
El niño abrió la caja de cerillas y... estaba llena hasta el
tope de sellos de correos de colorines, con animales,
flores, cuadros, monumentos, caras...

—¡Ahí va, qué bonito!
—Sí, y son algo más que bonitos. No los pierdas y, sobre
todo, no pierdas tu sonrisa. Mira, los hombres cada año
valen menos, los sellos cada año valemos más.

El niño salió corriendo hacia el
barrio con su cajita de cerillas
llena de "tesoros".

—¡Mira, papá!
—Pero niño, ¿de dónde has
cogido esto?
—No, papá, no lo he robado, me
lo ha dado un señor mayor... Te lo
puedo presentar, es un viejecito
que viene al parque con su silla y
se sienta al sol.

Al día siguiente fueron al parque
el niño y su padre, y allí no estaba
ni la silla del sello ni el viejecito
misterioso.

Pasó un tiempo y el padre vendió unos pocos sellos de correos para salir de pobre.

Después compró un álbum, colocó los sellos que quedaban y dijo al hijo:

—Esto es tuyo, es como una hucha, intenta llenar sus páginas.

El niño reía y reía, era feliz.

Don Sello con su silla no volvió al parque, ¿para qué? Si ya tenía la sonrisa de un niño.

Nota:
Hoy, padre e hijo son los más importantes coleccionistas de sellos del mundo.

Don Leoncio y la abubilla

(Fabulilla)

Hemos sorprendido a estos
dos personajes
de peludo y plumífero traje.

La abubilla
es un pájaro
así:

La abubilla
tiene un moñete o
moñote más arriba
del cogote.

Don Leoncio,
como ya sabéis,
es un león, Rey de la selva,
es un mamífero que aquí veis...

ABUBILLA. ¡Buenos días Don Leoncio! ¡Qué hermosa
melena luce usted hoy!

LEONCIO. Es que vengo de la peluquería y me he hecho
un corte moderno con flequillo.

ABUBILLA. ¡Uuuu! Está usted hecho un chiquillo,
con flequillo,
para celebrarlo le invito a un barquillo.

LEONCIO. ¡Ay no, señora abubilla,
no meta la pantorrilla,
yo no me dejo invitar,
por ninguna jovencilla!

ABUBILLA. ¡Uy! Qué antiguo, Don Leoncio...
—pues casi me da un soponcio—.
...¿No permite que le invite,
Rey de la Selva?

78

LEONCIO. ¿De qué selva? Si estamos en el bosque de los
Guindos...

ABUBILLA. Usted sí que está en el quinto guindo. Pues
bien, Rey del bosque de los Guindos,
¿te quieres casar conmigo?

LEONCIO. *(Asustado)* ¿Pero cómo me voy a casar yo con
una pájara?

ABUBILLA. Oiga oiga Don Leoncio, el pájaro lo será usted,
yo soy una pajarita, pajarita de las nieves,
pajarita moñuda pero pajarita... Vamos, que
porque le haya cogido cariño, no tiene derecho
a insultarme...

LEONCIO.   ¡Grum! ¡Grum! Pajarita, pajarita de papel...
ABUBILLA.   ¡Nada de papel! Soy pajarita de pluma
            y tintero,
            para escribir debajo del ala
            lo mucho que te quiero...

            Don Leoncio se pone colorado.
            Don Leoncio titubea tartamudeando...

LEONCIO.   Es que que, no no no, me me me... ¡No me
            gusta!

ABUBILLA. *(Sorprendida y enfadada)* —¿Que no te gusto?... Ahora mismo me suelto las lágrimas (TRISTE) ¡Vamos, vamos! ¿Qué se habrá creído el melenudo éste?... ¡Con desprecios a mí!...

LEONCIO. ¡No te vayas! No, no, no... No gus gus, no gustarme tu tu, tu tupé.

ABUBILLA. ¿Que no te gusta mi tupé?... Ahora mismo me voy a la peluquería y me suelto el moño, y me suelto las plumas, y me suelto las lágrimas... ¡Vamos, vamos! ¿Qué se habrá creído el melenudo éste?... ¡Con desprecios a mi moño, distintivo de mi noble raza de ave abubilla!

La abubilla extendio sus colores y salió volando.

Al poco rato volvió la abubilla
rejuvenecida
—como una chiquilla—
(La abubilla sin moñete,
parecía un salmonete).
(Con el cuerpo peladito...
igual que un pájaro frito).

ABUBILLA. ¿Qué? ¿Te gusto, Don Leoncio?
LEONCIO.   ¡Sí, me gustas frita con tomate!
ABUBILLA. ¿Yo con tomate? ¡Qué disparate!

Y la abubilla extendió sus pocos colores y salió volando
volando y piando:
—Y es que no puede ser, y es que no puede ser....

Los leones no entienden a los pájaros.

El niño y la verbena

Bernardín siempre que había verbena en su ciudad se iba a la verbena, se iba a la verbena con las manos vacías y la fantasía llena.

Si iba pronto le dejaban subir a los caballitos gratis (para hacer parroquia). Como Bernardín era muy pequeño sólo le dejaban sentarse en el coche de bomberos y tocar la campanilla. La única ilusión de Bernardín era subir a la noria.

Horas y horas pasaba a los pies de la gran rueda, mirando con alegría cómo subían y bajaban sus barquichuelas y mirando con tristeza un misterioso cartel. (Aprendió a leer rápidamente sólo para poder leer el extraño letrerito):

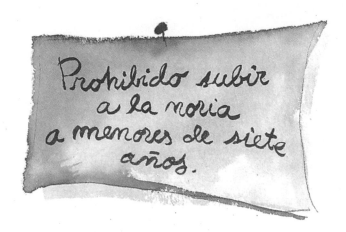

Prohibido subir
a la noria
a menores de siete
años.

Con sus cinco años con la cabeza baja, llorando sobre el pecho, andando hacia su casa, andando despacito como un viejo.

Ahorró. Meses tardó en ahorrar
las doscientas pesetas
que costaba subir a la noria.
Creció. Meses tardó en crecer los
cinco centímetros reglamentarios
para parecer un niño de siete
años.

Bernardín escogió un domingo
para su ascensión.

Dio el dinero al dueño de la noria
y sacando la lengua al letrero, se
sentó en una nave cuadrada de
color verde. Se puso en la cabeza
un casco, se ató al cuerpo una
cadena y se creyó un astronauta.
Bernardín era feliz.

La noria empezó a girar y su moderno avión a subir.

A las pocas vueltas, cuando toda la noria empezó a girar
con mayor rapidez, unos ruidos extraños y fuertes, casi
infernales asustaron a Bernardín.
Los engranajes de la noria, oxidados por las recientes
lluvias, graznaban chirriando, como si fueran a descoyuntarse
todos sus huesos de hierro.

Continuaron los ruidos hasta que la noria se estropeó del
todo, con tan mala fortuna, que el avión del niño quedó
suspendido balanceándose en la parte más alta de la
noria. Empezaron a salir chispas y Bernardín en el centro
de ellas, parecía el botón de una palmera de fuegos
artificiales.

Bernardín se mareó.

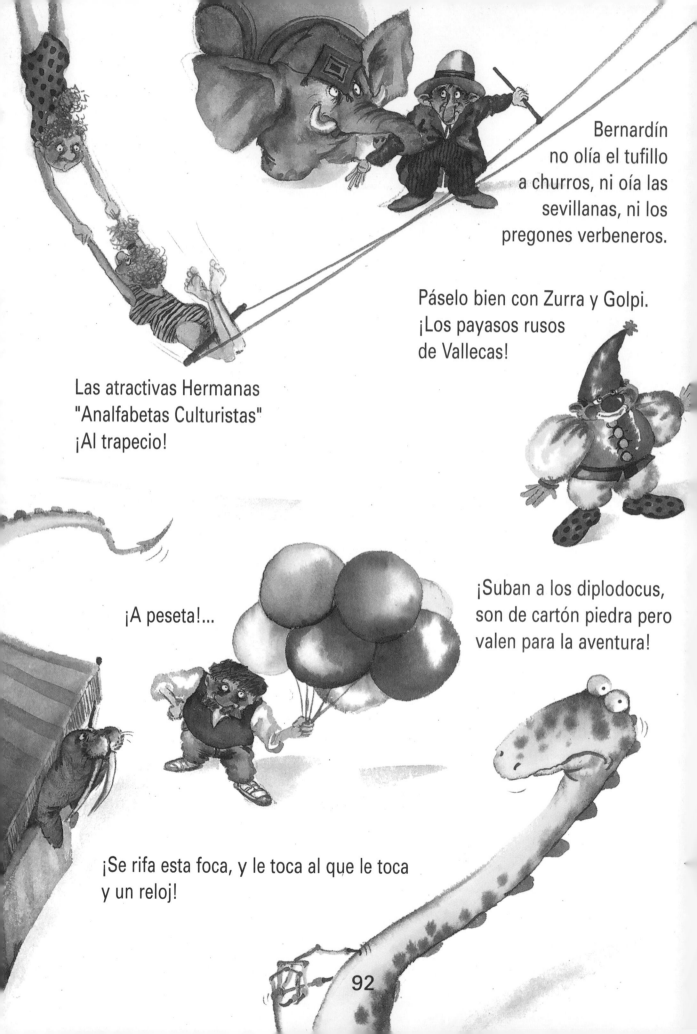

Bernardín no olía el tufillo a churros, ni oía las sevillanas, ni los pregones verbeneros.

Pás, belo bien con Zurra y Golpi. ¡Los payasos rusos de Vallecas!

Las atractivas Hermanas "Analfabetas Culturistas" ¡Al trapecio!

¡Suban a los diplodocus, son de cartón piedra pero valen para la aventura!

¡A peseta!...

¡Se rifa esta foca, y le toca al que le toca y un reloj!

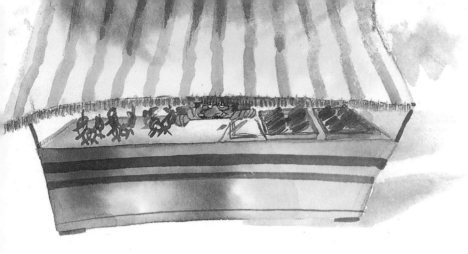

¡Oído al número, que hay trampa!

—Le adivina el futuro
el pajarito profeta.

Vean cómo dormita el elefante elegante
inteligente, hoy no puede trabajar
porque tiene una "trompa" imponente.

¡Aquí la barraca barroca, donde vive la Oca loca!

¡Globos, globitos para el nene y la
nena a bajo precio!
—Oiga, ganga, ¡quien me compre
dos globos le regalo tres!
—¡Sepárate, chaval que me vas a
tirar el puesto!
—¡Al rico helado!

El niño seguía mareado.

¡Admiren al mono-sabio,
exministro de la selva!

Y tampoco oyó las sirenas de los siete coches. Ni pudo ver cómo crecían hacia él las escaleras de los bomberos.

Ya en brazos de los bomberos y aún desmayado decía sin saber lo que decía:
—¡Ay qué fantástico! ¡Qué gusto me da... pero que malito me pongo!
¿Cómo podré estar tan bien y tan mal al mismo tiempo?
La verdad es que es la primera vez que estoy malito y la primera vez que soy feliz.

Y diciendo esto Bernardín volvió en sí.
(Quiero decir que se le pasó el mareo).

Bernardín ahora es mayor de edad,
y aún no sabe si lo de la verbena
lo soñó o fue verdad.

Un pulpo en un garaje

El pulpo estaba vivo pero muerto
de miedo en aquella inmensa
jaula que olía a gasolina (el pulpo
no sabía que olía a gasolina) y
cada vez respiraba peor.

El pulpo recorría aquel siniestro
lugar, tropezando con coches,
camiones y sin encontrar un cubo
de agua que llevarse a la boca.

El pulpo como os dije estaba muerto de miedo y más muerto de miedo se quedó el chico del garaje cuando por la mañana a media mañana y a medio despertar se dispuso a lavar los coches y tiró de la manga que asomaba entre las ruedas de un camión.

En ese momento sintió, cómo otras siete mangas le palpaban, le abrazaban y le llenaban la cara de tinta.
—¡Un pulpo! ¡Ay mi madre! ¿Qué es esto? ¡Un pulpo en el garaje! ¡Estoy perdido!
—El que está perdido soy yo, perdido y despistado...
—¡Un pulpo en el garaje! —repitió el muchacho mientras intentaba librarse de los ocho tentáculos (perdón, brazos) del pulpo.

Y habló el pulpo: —No temas que no aprieto, es "un mecanismo de defensa" que tenemos los pulpos cuando alguien nos agarra de una pata como tú has hecho.

Y habló el muchacho: —Alucino. ¡Además este pulpo habla!

El pulpo soltó el cuerpo del muchacho y éste salió corriendo y se encerró en la cabina de un autobús.

—Por favor, niño —dijo el pulpo—, no me abandones ahora que estoy más despistado que un pulpo en un garaje.

101

¡Baja el cristal y sal!

¡Por favor, llévame al mar!

¡Baja el cristal y escucha!

¡Llévame primero a la ducha!

¡Estoy seco y no puedo respirar!

102

El muchacho del garaje, se armó de coraje.

Salió de la cabina, llenó una cuba de agua y dijo al pulpo:

—Métete en la cuba.

El pulpo se metió y se quedó quieto y callado.

El muchacho del garaje seguía muerto de miedo, no por el ataque del pulpo, sino porque el pulpo hablaba.

—Me tengo que deshacer de este bicho, pero ¿cómo?

El pulpo asomó su extraña cabezota por la cuba y dijo con una vocecilla muy triste:

—Oye, chico, ¿quieres ser mi amigo?

—¿Yo? ¿Para qué?

—Para jugar conmigo en el mar.

¿Sabes nadar?

—Claro que sé.

—Pues llévame al mar y te enseñaré a regatear a las olas y nos reiremos de los peces de colores.

El muchacho del garaje ató la cuba donde el pulpo estaba a una carretilla y corrió tras ella calle abajo hasta el mar.

A primeras horas de la noche... el puerto estaba desierto.

Con gran pena el muchacho del garaje dio un empujón a la cuba en el borde del arrecife.
La cuba iba saltando de roca en roca hacia el mar, dentro de la cuba iba mareado el calamar.

—¡Pulpito! ¡Buen viaje! —dijo el muchacho del garaje.

Desde entonces, todas las tardes iba el
muchacho del garaje a las rocas
a visitar a su amigo el pulpo. Y el pulpo,
como le había prometido, le enseñó a
bucear, a reírse de los peces de colores
y a sentir la amistad, no sólo con los
animales de la tierra, sino también con
los animales del mar.

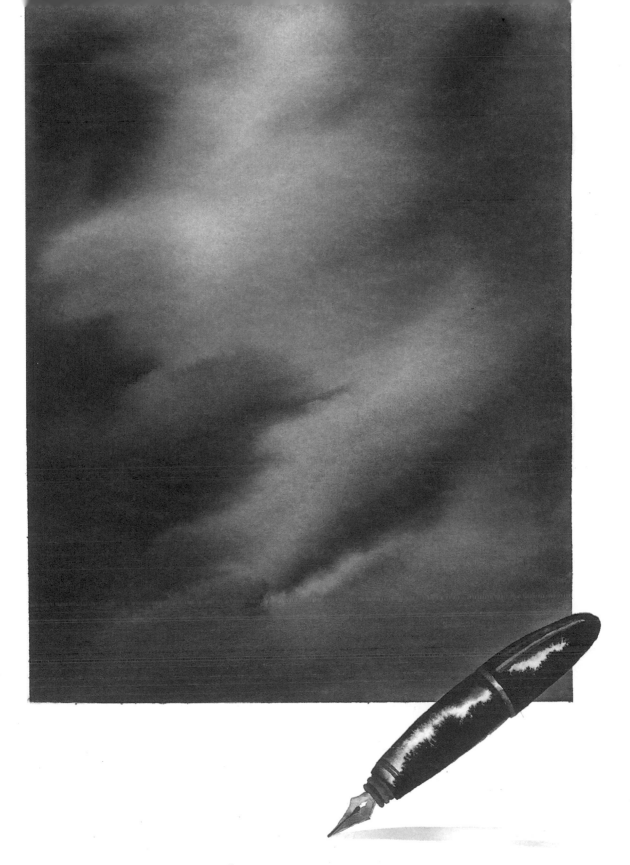

La estatua

Esto era... de noche, casi media noche. Yo volvía a casa andando.

Al pasar por el parque, entré en él y me senté en un banco a mirar las estrellas y a buscar ovnis.

En el centro del parque entre los árboles había una estatua. La estatua al verme, dio un salto y vino a mi lado.

—¿Me puedo sentar?
—¡Uy! por poco no me asusta —dije yo disimulando el susto.
—Lo siento, lo siento, *yo lo siento todo.* ¿Me puedo sentar?

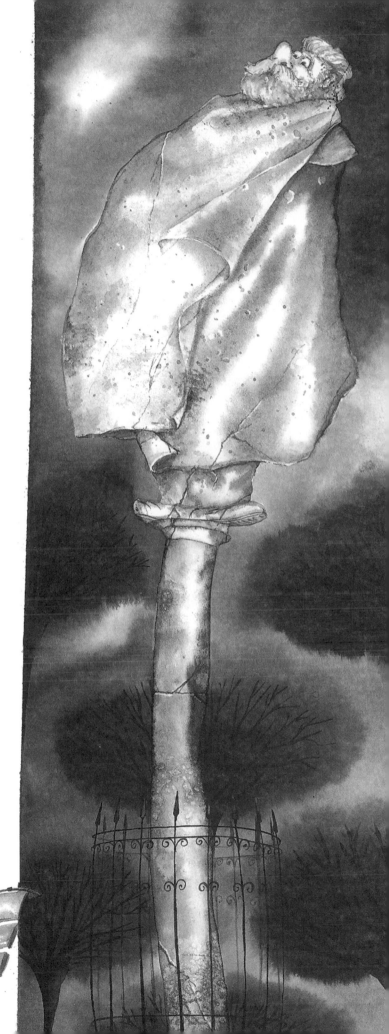

—Sí, claro... Como es de noche ya se han ido los niños y los pájaros —dije yo por decir algo.

—No, los pájaros no se han ido, están ahí (señaló los árboles), están dormidos en sus nidos, *yo lo siento lo siento todo,* los niños sí se han ido a cenar y a ver la tele. Las noches son largas y tristes en este parque, me aburro ahí solo, como una estatua. Sin los gritos de los niños yo no soy nadie.
—¡Mis niños!
—¿Le gustan a usted los niños?
—Sí, mucho, yo escribo cuentos para niños.

—¡Ah! Ya me parecía a mí que usted era alguien importante, lo noté en sus ojos, porque es que yo, *lo siento todo lo siento todo.* Yo también escribí versos de amor cuando estaba vivo —me dijo la estatua.
—Usted sigue vivo en sus libros, los buenos artistas nunca mueren del todo —le dije yo y añadí—: me tengo que ir, ya es muy tarde...

—No, por favor, quédese hasta que vengan a regar, ya que la he conocido.

—Pero ¿cómo me voy a quedar en el parque toda la noche sola?

—Sola no, conmigo.

—Es verdad, con usted...

Hubo un silencio. Los pies se me estaban quedando helados.

—¿No siente usted frío?

—No hija, yo ya no siento ni frío ni calor, sin embargo *lo siento todo.*

Yo me quería ir a mi casa, pero una fuerza misteriosa me tenía atada al banco mientras yo pensaba horrorizada: mira que si pasa alguien del barrio que me conozca y me ve a estas horas de la noche, sola en el parque, hablando con una estatua... ¡Lo que me faltaba!... ¡Me tengo que ir! ¡Me tengo que ir! —Me levanté y salí corriendo.

La estatua no corrió tras de mí (me hubiera asustado),
caminó despacito y se subió a su pedestal, desde allí me
dijo:

—Te vas porque tienes frío,
lo siento, (*yo lo siento todo*
menos el frío).
Adiós Gloria de España,
misteriosa como la noche,
alegre como la mañana.
Adiós Hada de los niños,
ven a verme los domingos
cuando se duerma el sol
porque... "Hoy te he visto,
te he visto y me has mirado,
hoy creo en Dios".

Era un poeta disfrazado de estatua.
¡Era Gustavo Adolfo Bécquer!

Índice

Verás cómo te diviertes con los libros de **Gloria Fuertes**

Poesías, cuentos, historias de bichos y toneladas de humor...

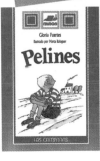

La autora más querida por los niños y los mayores.

GLORIA FUERTES
UN PULPO
EN UN GARAJE